ŒUVRES

DE

M. JOLLIVET

Peintre d'histoire

TABLEAUX

DESSINS, CROQUIS ET ÉTUDES

TABLEAUX ET DESSINS

PAR DIVERS MAITRES

GRAVURES, LITHOGRAPHIES

MEUBLES EN BOIS SCULPTÉ

TAPISSERIES, ÉTOFFES ET OBJETS VARIÉS

Me CHARLES PILLET, COMMISSAIRE-PRISEUR,

M. FRANCIS PETIT. | M. CH. MANNHEIM,

EXPERTS.

1868

COLLECTION DE M. JOLLIVET

CONDITIONS DE LA VENTE

Elle sera faite au comptant.

Les adjudicataires payeront *cinq pour cent* en sus des enchères.

199. — Imprimerie de Pillet fils aîné, rue des Grands-Augustins, 5.

CATALOGUE

DE

TABLEAUX

ESQUISSES & ÉTUDES

CARTONS DE DÉCORATIONS & DE VITRAUX

DESSINS, CROQUIS & ÉTUDES — PORTRAITS D'APRÈS NATURE

PAR

M. JOLLIVET

Peintre d'histoire

Et des Tableaux et Dessins, par divers Maîtres;
Gravures — Lithographies — Photographies;
Meubles en bois sculpté; Tapisseries; Étoffes; Objets variés;
Porcelaines; Faïences, etc.

Qui composaient son Atelier

DONT LA VENTE AURA LIEU

HOTEL DROUOT, Salle N° 1

Les Lundi 11, Mardi 12, Mercredi 13
et Jeudi 14 Mai 1868

A DEUX HEURES PRÉCISES.

Mᵉ CHARLES PILLET, COMMISSAIRE-PRISEUR,
rue Grange-Batelière, 10;

M. Francis PETIT, rue Saint-Georges, 7,	**M. Charles MANNHEIM** rue Saint-Georges, 7,

EXPERTS

EXPOSITIONS { *PARTICULIÈRE* : le Samedi 9 Mai 1868,
PUBLIQUE : le Dimanche 10 Mai 1868,

DE UNE HEURE A CINQ HEURES.

Voici une vente qui ne ressemble à aucune autre ; elle n'a pas ce caractère défini des exhibitions ordinaires de l'Hôtel Drouot. Est-elle faite par un riche amateur, qui se défait de sa galerie dont il est fatigué et que remplace désormais une autre fantaisie ? Évidemment non. On n'y trouve pas de ces tableaux célèbres des anciens maîtres, accompagnés de leurs généalogies et de leurs preuves de noblesse ; ni de ces toiles modernes naguère peu payées et dont la valeur, par une tardive justice, monte aujourd'hui à des chiffres énormes. Vient-elle d'un peintre, d'un sculpteur ou d'un architecte ? Cela est difficile à dire, car les éléments qui la composent pourraient désigner également l'une ou l'autre de ces trois professions.

Le mystère s'explique par ce fait que l'artiste qui se sépare de ces choses belles ou curieuses, pour jouir d'un repos bien mérité, a parcouru longtemps une triple carrière. Dans notre temps de spécialités de plus en plus rétrécies, où chaque art, chaque science, chaque métier se subdivise à l'infini, M. Jollivet, comme les grands maîtres de la Renaissance, a cru à l'unité de l'art. Il a pensé que l'intelligence ne devait pas se laisser circonscrire dans ces limites étroites, et que le même sens qui servait à comprendre la forme en elle-même pouvait servir à l'exprimer par des moyens divers. C'était la doctrine du seizième siècle. Léonard de Vinci, Michel Ange, Raphaël, sans parler de leurs prédécesseurs moins illustres, laissaient la brosse du peintre pour e ciseau du sculpteur ou la règle de l'architecte. On ne trouvait pas étrange que ces grands hommes fussent aussi habiles à rendre la beauté sur la toile que dans le marbre. La main qui avait peint le Jugement dernier et le plafond de la Sixtine, pouvait, sans exciter de défiance, élever jusqu'au ciel la coupole de Saint-Pierre et poser le Panthéon sur le toit de l'énorme église. Cela semblait naturel. De ce qu'un maître avait du génie dans un art, on ne concluait pas qu'il dût être dénué de talent dans un art voisin. On permettait à ces riches natures des excursions sur tous les domaines. Ces multiples artistes étaient en outre poëtes, ingénieurs, inventeurs. L'orfèvre Benvenuto faisait le Persée de la Loggia dei Lanzi à Florence et la Nymphe chasseresse à Fontainebleau, et il écrivait ses Mémoires, qui sont un chef-d'œuvre. Toutes ces branches de l'art, poussées du même tronc, formaient des arbres d'une incomparable vigueur, dont l'ombre s'allonge encore sur nous.

Nous n'avons nullement l'intention d'établir entre M. Jollivet et ces maîtres souverains du seizième siècle une comparaison dont sa modestie souffrirait la première, mais nous voulons seulement constater une ouverture d'esprit, une variété d'aptitudes analogues. Ce qu'il a d'abord et le plus sérieusement étudié, c'est la peinture; mais cette connaissance acquise, il ne s'y est pas borné. Il ne s'est pas obstinément enfermé dans son atelier en face de son modèle, quoiqu'il ait beaucoup et longtemps dessiné d'après nature et scruté dans toutes ses attitudes cette noble forme humaine qui est la matière même de l'idéal et en dehors de laquelle on ne saurait concevoir le beau. De nombreuses figures au crayon, de savantes études peintes témoignent chez lui d'un labeur assidu et d'une conscience qui ne se satisfait pas aisément. Il s'est assimilé à un haut degré la technique de son art ; mais sa curiosité a porté ses regards au delà, plus loin, dans d'autres directions. Très-instruit, érudit même, l'archéologie l'a séduit par les côtés qui se rattachent à la plastique, et aussi par les questions de science pure. Frappé comme coloriste des beautés de l'architecture polychrome, il ne s'est pas contenté d'une admiration stérile, et ne s'est pas représenté par l'imagination seule, ou d'après les planches de M. Hittorf, l'effet charmant que devaient produire des temples grecs colorés de teintes brillantes se découpant sur la sérénité du ciel attique. Un voyage dans les maisons exhumées de Pompéi ne lui a pas suffi, et il ne s'en est pas rapporté à M. Viollet-le-Duc sur la peinture intérieure des cathédrales; il a bâti son rêve de ses mains et il l'habite. Si vous passez par hasard cité Malesherbes, une paisible oasis qui s'ouvre dans la rue de Laval, presque vis-à-vis cette délicieuse façade où Lechesne a sculpté autour d'une fenêtre d'atelier la vie et la mort de l'oiseau, un poëme de pierre qu'on ne se lasserait pas d'admirer s'il décorait un palais de la Renaissance en Italie ou en Espagne,. vous remarquerez assurément une maison charmante, d'un goût original et nouveau, qui brille comme un bouquet de couleurs entre les façades grises qui l'avoisinent. C'est le petit palais polychrome que M. Jollivet s'est construit, pour son plaisir d'abord, et ensuite pour démontrer par un exemple la vérité de sa doctrine. Les Français ne sont pas naturellement coloristes. Le gris en toutes choses est leur nuance favorite; habitués aux tons froids de la pierre, ils redoutent dans l'architecture les teintes variées des marbres dont les Italiens font un si heureux usage; la couleur, pour tout dire, leur semble de mauvais goût, comme si dans la nature elle n'était pas toujours unie à la forme, et ils préfèrent, au risque de beaucoup d'ennui, une teinte abstraite et neutre, qui laisse prédominer la ligne. Dernièrement, quelques sobres essais de coloration, résultant de la diversité même des matériaux, dans la façade de l'Opéra de M. Charles Garnier, ont soulevé d'assez vives discussions. On a pris pour du mauvais goût moderne ce qui était au contraire du plus pur goût antique. M. Jollivet est allé plus loin, et il a franchement appliqué la peinture à l'architecture. Mais comme il avait pu voir à Venise et à Vérone, climats cependant moins destructeurs que le nôtre, les fresques de Giorgione, de Titien, de Tintoret, s'évanouir comme des ombres sur les façades des maisons et des palais, il chercha une peinture qui pût résister au soleil, à la pluie, au vent, à la gelée, à la neige, qui alternent si aimablement dans les pays *tempérés*. La peinture sur lave, au moyen de couleurs vitrifiables sous l'action du feu, offre l'inaltérable solidité de l'émail et on peut la dire éternelle, si un pareil mot a le droit de s'appliquer à un produit humain. M. Jollivet n'a nullement la prétention d'avoir inventé la peinture sur lave ; il l'a reçue avec une palette toute chargée de couleurs inaltérables ; mais il en a poursuivi l'application avec une curieuse sagacité et une grande habileté pratique. D'élégants panneaux, des frises, des médaillons encadrés de fins ornements et contenant des figures, des fleurs, des fruits, des arabesques dans le goût des peintures du Vatican et de la Farnésine, décorent la façade de sa maison et lui donnent un air de vie, de richesse et de fraîcheur auquel nos murailles, froidement grisâtres, ne nous ont pas accoutumés. Rien n'est plus charmant que ce jeu de couleurs, égayant les divisions tracées par l'architecture, en en remplissant avec bonheur les vides nécessaires. Il serait pédant d'éveiller à propos d'une simple maison d'artiste les souvenirs polychromes de l'Égypte, de Ninive, de la Perse, de la Grèce et de bien d'autres lieux, pour justifier une hardiesse qui paraît si neuve et qui est pourtant si ancienne; mais on peut alléguer que l'usage de bâtir des monuments tout à fait incolores ne remonte guère à plus de trois ou quatre siècles.

M. Jollivet, après cet essai si bien réussi, a été séduit par la peinture sur lave, pour laquelle, sans chimère aucune, il entrevoyait le plus bel avenir et de nombreuses applications. Dans la décoration extérieure et intérieure des monuments, des palais, des églises, la peinture sur lave devrait remplacer la peinture murale, à la fresque, à l'huile ou à la cire, qui s'altère si vite, surtout dans nos climats humides. On peut obtenir des plaques de lave d'une grandeur considérable et dont quelques-unes, habilement réunies, formeraient le champ du plus vaste tableau. La pratique en est beaucoup plus facile et plus certaine que celle de la fresque ou de la cire. Un peintre de moyenne force n'aurait besoin que de quelques jours pour s'en assimiler les procédés et en pénétrer tous les secrets. Sa palette offre une gamme de tons très-étendue, qui permet de s'élever de la grisaille presque à l'intense coloration du vitrail. A chaque nouvelle cuisson, on peut retoucher, glacer, accentuer, modifier l'action du feu et arriver, si l'on veut, à l'extrême précision du fini, à moins qu'on ne préfère remplir de teintes plates un grand trait bien arrêté et modeler par des hachures. La lave accepte tout, et boit par ses pores la couleur vitrifiée, qui fait corps avec elle et s'y attache d'une façon indestructible ; l'acier même ne la rayerait pas. Derrière la large dalle cuite au feu des volcans, le mur rongé par le salpêtre tombe en poussière, croule en ruines, il n'importe, la peinture s'enlève comme un tableau accroché à une muraille et se place à un autre endroit jusqu'à ce qu'on ait réparé l'édifice. Si le procédé de la peinture sur lave avait été connu et pratiqué au temps de la Renaissance, nous aurions la Cène de Léonard de Vinci dans sa vierge intégrité, aussi fraîche, aussi pure que si le dernier coup de pinceau du maître venait d'y sécher, et telle encore elle serait dans mille ans, dans deux mille ans, car la lime du temps s'use et se brise sur cet émail inattaquable. Raphaël garderait toujours sa perfection harmonieuse sur les murs des Stanze et des Loges, et il suffirait d'une éponge pour essuyer la fumée des cierges qui rend presque invisible le Jugement dernier de Michel-Ange.

Une occasion sembla se présenter d'utiliser en grand la peinture sur lave. La décoration extérieure du porche de Saint-Vincent-de-Paul fut confiée à M. Jollivet. Il peignit dans de vastes panneaux, qui devaient encadrer la porte, les principales scènes de la Genèse, découpant sur fond d'or les verdures du paradis. Mais ce qu'on admire dans le narthex de Saint-Marc, où l'or de sequin étincelle d'un éclat fauve sous les cubes de cristal et entoure comme une auréole les figures des saints et des apôtres, parut bizarre à Paris, et d'une richesse qui contrastait d'une façon trop heurtée avec la nudité habituelle des monuments. On ne conserva de cette décoration que le sujet qui se trouve au-dessus de la porte. Si ce remarquable travail de peinture sur lave eût décoré une chapelle intérieure, il n'eût pas contrarié la routine si puissante en France, où toute nouveauté, fût-elle excellente et parfaitement pratique, est sûre d'être mal accueillie. Les mandarins du Céleste Empire ne repoussent pas plus obstinément tout ce qui s'éloigne des rites. Une conviction sincère et basée sur une étude approfondie ne se décourage pas aisément, et M. Jollivet se fit en quelque sorte l'apôtre de la peinture sur lave. Il est regrettable que sa propagande n'ait pas conquis plus de prosélytes; car les artistes se sont ainsi privés, pour éviter quelques jours d'apprentissage, du moyen de rendre leurs œuvres éternelles, et de passer à la postérité la plus reculée avec tout le charme et toute la fraîcheur de leur coloris.

Les esquisses, les cartons très-arrêtés, les compositions peintes par lesquelles se préparait le peintre à l'exécution sur lave, font partie de la vente. On y retrouvera toute l'histoire d'Adam et Ève, dont nous avons parlé tout à l'heure, et qui devait figurer sous le portique de Saint-Vincent-de-Paul. Tous ces travaux préalables sont faits avec un soin extrême, car M. Jollivet ne se met à l'œuvre que lorsqu'il est sûr de son fait; l'exécution, bien renseignée, y gagne en liberté et en certitude. Sont comprises aussi dans le catalogue les peintures, études, dessins et copies du maître : *Christophe Colomb*, la *Mort de Philippe II, roi d'Espagne*, l'*Intérieur d'une forge, une Halte de bohémiens*, l'*Installation de la magistrature;* des études peintes d'après nature ; des cartons coloriés pour les vitraux de Saint-Godard, où M. Jollivet s'est admirablement approprié le style des anciens peintres verriers. Parmi les dessins, on peut citer un dessin rehaussé de pastel, calqué sur la *Sainte Famille* du Corrége, et qui reproduit avec un rare bonheur la suavité de l'original ; des croquis d'après nature très-intéressants ; des portraits d'artistes, de magistrats, d'une grande franchise de crayon ; des projets, des compositions qui témoignent d'une imagination variée et féconde, sachant mêler le sérieux du style à la grâce ornementale. Vous seriez bien étonné si la peinture sur lave ne figurait pas dans cette rapide énumération. En effet, voici un Évangéliste de la plus grande tournure ; un fragment d'un tableau de M. Jollivet dont on a gardé le souvenir, le *Massacre des Innocents*, dont le plus beau groupe a passé de la toile périssable sur la plaque indestructible ; un portrait de la reine Victoria et du prince Albert, réunis dans le même cadre. Puis un grand nombre de compositions et de cartons pour les panneaux d'une maison ou plutôt d'un *palazzino*, comme disent les Italiens, bâti par M. Jollivet à Deauville, cette création de M. le duc de Morny : allégories, enfants, petits génies, guirlandes de fruits et de fleurs dont le vif coloris doit produire sur place le plus charmant effet. Pour cette maison, dont il a tracé les plans, M. Jollivet, qui ne se contente pas d'être peintre et architecte, a modelé les ornements des chapiteaux-composites, des fûts de colonnes losangés, des mascarons, des cartouches, des figurines, et même une délicieuse cheminée de marbre blanc. Pour rendre son édifice complet, il n'a eu besoin de personne; il l'a dessiné, peint et sculpté. Au besoin, il en ferait la monographie avec un vrai talent d'écrivain. Nous insistons sur ce caractère multiple, qui est l'originalité de l'artiste et qu'on retrouve partout chez lui, dans sa vie, dans ses habitations et dans ses œuvres.

La même diversité ondoyante et voyageuse se fait remarquer dans les objets d'art, les curiosités et les *bibelots*, comme on dit en style de bric à brac, qu'il a réunis et qui meublent cette maison si intéressante par elle-même. A côté de terres cuites antiques, d'antéfixes et de statuettes comme on en voit au musée Campana, on rencontre des bahuts, des dressoirs de la Renaissance finement sculptés et historiés de figurines élégantes, des stalles et des bancs du XIIe, du XIIIe et du XIVe siècle, aux panneaux précieusement découpés, qui semblent sortir d'une cathédrale ou d'une abbaye; des armures anciennes et modernes; un poignard persan, au manche et au fourreau émaillés, d'une fabrication intéressante; des lustres hollandais à boule et à branches de cuivre jaune, rappelant celui qui figure dans le tableau de la *Femme hydropique* de Gerard Dov; des plats en cuivre gravé de style arabe; des vitraux suisses avec leurs figures de lansquenets aux bizarres costumes, aux lambrequins extravagants, et leurs armoiries peintes de vives couleurs; une petite collection de verres anciens; des panneaux de vieux laque noir et or et de laque de Coromandel, où sur fond d'or se dessine avec un très-faible relief une chasse aux personnages brillamment coloriés, dont les têtes nettement rendues laissent voir la différence du type chinois et du type tartare; des vases du Japon bleu et or, de fabrication ancienne et rare; des cornets, des vases carrés sur leur monture de bronze ou de bois d'aigle, des porcelaines de Chine, un service du Japon très-complet, un paravent de sept feuilles couvert de curieuses peintures, des chaises Louis XIII à pieds tors avec leurs dossiers de cuir, de vieilles étoffes magnifiques, damas, lampas, brocatelles dont les plis se cassent si bien autour d'une colonne pour servir de fond à un portrait de Paul Véronèse ou de Van Dyck; des tableaux anciens, un *Intérieur d'église* de Peter Neef, des compositions et des études peintes de l'école Van Loo; un cadre de miniature du commencement du XVIe siècle, et mille autres menus objets trop longs à décrire. Ajoutez à cela des gravures, de grands ouvrages sur la polychromie, des vitraux chromolithographiés, des livres d'archéologie, des descriptions avec planches de l'abbaye de Jumiéges et autres édifices historiques, le Musée de Madrid, les œuvres de Delaroche photographiées, des aquarelles, des lavis d'architecture, des dessins coloriés de la maison de Deauville, et tout ce fatras pittoresque qu'un docteur Faust entasse dans son cabinet ou son atelier.

Nous n'avions donc pas tort de dire, en commençant cette notice, que la vente de M. Jollivet ne ressemble à aucune autre. Il s'y trouve de tout, et c'est le résumé d'une vie qui ne s'est pas renfermée dans ce cercle de la spécialité d'où si peu d'artistes sortent aujourd'hui, quelque attrayantes que soient les séductions qui essayent de les attirer hors de cette limite que franchissaient jadis les génies aventureux.

Théophile GAUTIER.

ÉMAUX SUR LAVE

Assimilation des couleurs à l'huile et en émail

1 — Un Évangéliste.

Exécuté en 1844.

Haut., 42 cent.; larg., 38 cent.

2 — Épisode du Massacre des Innocents.

Exécuté en 1859.

Haut., 2 m. 18 cent.; larg., 1 m. 12 cent.

3 — Le prince Albert présente à l'approbation de la reine le projet des Expositions internationales, le 31 janvier 1850.

Exposition universelle, 1867.

Haut., 1 m. 62 cent.; larg., 1 m. 16 cent.

TABLEAUX

ET ESQUISSES TERMINÉES

4 — **Les derniers instants de Philippe II, roi d'Espagne.**

Philippe II, dans les derniers jours de sa vie, avait fait disposer une tribune basse dans le chœur de l'église de l'Escurial, et au pied de son lit de repos il avait fait dresser un catafalque. — Un moine disait des prières. Philippe III écoutait ses instructions; le légat du pape et le fils du duc d'Albe entretenaient le roi des affaires de l'État; plus loin des prêtres célébraient la messe.

Renseignements donnés, en 1827, par un moine de l'Escurial.

Salon de 1837.

Haut., 2 m. 88 cent.; larg., 3 m. 74 cent.

5 — **Christophe Colomb.**

Il apaise une sédition à son bord en montrant la terre d'Amérique dont, à de certains indices, il avait annoncé la découverte prochaine.

Salon de 1833.

Haut., 2 m. 65 cent.; larg., 3 m. 7 cent.

6 — Halte de Bohémiens dans les gorges de Guadarama, près Madrid.

Salon de 1827.

Haut., 98 cent.; Larg., 1 m. 33 cent.

7 — Intérieur d'une forge.

Salon de 1837.

Haut., 1 m. 16 cent.; larg., 1 m. 77 cent.

8 — Saint Jérôme en prières.

Haut., 80 cent.; larg., 64 cent.

9 — La mort de Lara.

(Lord Byron.)

Haut., 39 cent.; larg., 56 cent.

10 — Bataille d'Agnadel.

Esquisse terminée d'un tableau faisant partie des galeries de Versailles.

Haut., 129 cent.; larg., 95 cent.

11 — Installation de la magistrature au Palais-de-Justice en 1849.

Esquisse terminée d'un tableau faisant partie des galeries de Versailles.

Haut., 96 cent.; larg., 129 cent.

12 — Boissy d'Anglas saluant la tête du député Ferraud.

Esquisse faite pour le concours.

Haut., 78 cent.; larg., 102 cent.

13 — Concordance de l'Ancien et du Nouveau Testament.

Cette composition de sept sujets forme l'ensemble de la décoration du porche de l'église de Saint-Vincent-de-Paul.

Au centre, en haut, la Trinité, les prophètes qui ont annoncé la venue du Christ, et les Évangélistes qui ont constaté son avénement.

Sur le côté gauche, l'Adoration des Mages, le Baptême du Christ et la Cène.

Sur le côté droit, la Création, la Désobéissance et le Châtiment.

Ces tableaux furent exécutés en émail sur lave pour l'église Saint-Vincent de-Paul, de 1846 à 1861, et la première application de cette découverte à la grande peinture; ils couvraient une superficie de 70 mètres.

Haut., 80 cent.; larg., 100 cent.

14 — Le Baptême du Christ.

Esquisse terminée, moitié grandeur, d'un des émaux de Saint-Vincent-de-Paul.

Haut., 118 cent.; larg., 168 cent.

15 — La Cène.

Esquisse terminée, moitié grandeur, d'un des émaux de Saint-Vincent-de-Paul.

Haut., 118 cent.; larg., 168 cent.

16 — Le Péché.

Esquisse terminée, moitié grandeur, d'un des émaux de Saint-Vincent-de-Paul.

Haut., 118 cent.; larg., 168 cent.

17 — Saint Pierre bénissant, guérit les malades.

Esquisse d'une des fresques de l'église Saint-Ambroise.

Haut., 125 cent.; larg., 77 cent.

18 — Groupe de figures écoutant la parole de saint Paul.

Fragment d'une des fresques de l'église Saint-Ambroise.

Haut., 60 cent.; larg., 69 cent.

19 — Le Christ, la Vierge et saint Jean.

Esquisse d'une des fresques de l'église Saint-Ambroise.

Haut., 71 cent.; larg., 96 cent.

20 — La Vie de saint Louis.

Ensemble de la décoration de la chapelle absidiale de l'église Saint-Louis-en-l'Ile.

Haut., 45 cent.; larg., 25 cent.

21 — Les Évangélistes et les Anges offrent à l'adoration des fidèles les reliques rapportées par saint Louis.

Décoration de la demi-voûte de la chapelle de l'église Saint-Louis-en-l'Ile.

Haut., 75 cent.; larg., 156 cent.

22 — Descente de Croix.

Première pensée d'un tableau exécuté pour l'église de Bolbec.

Haut., 35 cent.; larg., 24 cent.

23 — La Vierge évanouie et les saintes Femmes.

Fragment de la Descente de croix de l'église de Bolbec.

Haut., 96 cent.; larg., 46 cent.

24 — Les saintes Femmes au pied de la Croix.

Fragment du même tableau.

Haut., 87 cent.; larg., 112 cent.

25 — Le Christ mis au tombeau.

Esquisse terminée d'un tableau exécuté pour l'église des Quinze-Vingts.

Haut., 80 cent.; larg., 52 cent.

26 — Le Christ mis au tombeau.

Première pensée du tableau précédent.

Haut., 32 cent.; larg., 22 cent.

27 — Homme sur l'échelle soutenant la tête du Christ.

Étude pour le même tableau.

Haut., 95 cent.; larg., 63 cent.

28 — Homme descendant de l'échelle et soutenant les jambes du Christ.

Étude pour le même tableau.

Haut., 95 cent.; larg., 30 cent.

29 — Homme sur l'échelle soutenant le linceul.

Étude pour le même tableau.

Haut., 69 cent.; larg., 46 cent.

30 — Ecce Homo.

Première pensée d'un tableau exécuté pour l'église de Toulouse.

Haut., 39 cent.; larg., 31 cent.

31 — Figure du Christ.

Étude pour le tableau précédent.

Haut., 73 cent.; larg., 36 cent.

32 — Homme insultant le Christ.

Figure pour le même tableau.

Haut., 73 cent.; larg., 47 cent.

33 — Homme assis insultant le Christ.

Figure pour le même tableau.

Haut., 90 cent.; larg., 45 cent.

34 — **Autre figure d'homme.**

Étude pour le même tableau.

Haut., 79 cent.; larg., 42 cent.

35 — **Autre figure d'homme.**

Étude pour le même tableau.

Haut., 35 cent.; larg. 66 cent.

36 — **Boissy d'Anglas saluant la tête du député Ferraud.**

Première pensée du N° 12.

Haut., 28 cent.; larg., 35 cent.

37 — **Jacques Clément et Henri III.**

Esquisse pour un tableau non exécuté.

Haut., 42 cent.; larg., 53 cent.

38 — **La Poésie.**

Les Amours et les passions des hommes se disputent ses chants.

Esquisse.

Haut., 26 cent.; larg., 11 cent.

39 — **Virgile conduit le Dante aux Enfers.**

Épisode de Françoise de Rimini et de Paolo.
Esquisse.

Haut., 44 cent.; larg., 26 cent.

40 — La République.

Esquisse de concours,

Haut., 68 cent.; larg , 48 cent.

41 — Jeune fille de Tivoli.

Étude faite à Rome en 1854.

Haut., 61 cent.; larg., 49 cent.

42 — Le prince Albert et la reine d'Angleterre.

Esquisse faite pour la peinture sur lave, portant le N° 3.

Haut., 31 cent.; larg., 23 cent.

43 — Portrait en pied du roi Louis-Philippe.

Esquisse faite pour une peinture sur lave, qui fut détruite en 1848.

Haut., 47 cent.; larg., 36 cent.

44 — Portrait de Christophe Colomb.

Exécuté d'après les renseignements fournis par le duc de Véraguas à Madrid.

Haut., 49 cent.; larg., 32 cent.

45 — Tête d'enfant.

Étude pour un portrait exécuté en émail sur lave.

Haut., 44 cent.; larg., 37 cent.

46 — Tête d'enfant.

Étude pour un portrait exécuté en émail sur lave.

Haut., 44 cent.; larg., 37 cent.

47 — Tête d'enfant.

Étude pour un portrait exécuté en émail sur lave.

Haut., 44 cent.; larg., 37 cent.

COPIE D'APRÈS DIVERS

48 — D'après Vélasquez. — L'Infant don Carlos, fils de Philippe IV.

Haut., 44 cent.; larg., 31 cent.

49 — D'après Michel-Ange de Caravage. — Le Christ au tombeau.

Haut., 35 cent.; larg., 23 cent.

50 — D'après Michel-Ange. — Une des figures du Jugement dernier.

Haut., 56 cent.; larg., 32 cent.

51 — D'après Pagnest. — La tête du portrait de M. de Nanteuil.

Haut., 59 cent.; larg., 48 cent.

CARTONS DE DÉCORATIONS

52 — Le Génie de la peinture sur lave.

Autour du sujet principal est une large bordure d'ornements, groupant tous les divers produits de l'art dont l'application pouvait être faite sur émail.

Haut., 237 cent.; larg., 135 cent.

53 — La Madone au Cantique.

Dessin d'une peinture sur lave, exécuté en 1862 pour la maison de l'Empereur.

Haut., 3 mèt.; larg., 1 mèt. 34 cent.

54 — Les Adieux de Vénus et d'Adonis.

Dessin pour un émail sur lave non exécuté.

Haut., 1 mèt. 31 cent.; larg., 2 mèt. 37 cent.

55 — Les Adieux de Vénus et d'Adonis.

Variante du sujet précédent.

Haut., 1 mèt. 31 cent.; larg., 2 mèt. 37 cent.

56 — L'Adoration des Mages.

Dessin, grandeur d'exécution d'un émail sur lave, de l'église Saint-Vincent-de-Paul.

Haut., 3 mèt. 34 cent.; larg., 3 mèt. 39 cent.

57 — Adam et Ève chassés du Paradis.

Dessin, grandeur d'exécution d'un émail sur lave, de l'église Saint-Vincent de-Paul.

Haut., 3 mèt. 34 cent.; larg., 3 mèt. 39 cent.

58 — Regnum pacis.

Allégorie, dessin pour une peinture sur lave non exécutée.

Haut., 1 mèt. 45 cent.; larg., 1 mèt. 01 cent.

59 — Vénus Anadyomène.

Haut., 1 mèt. 34 cent.; larg., 0,30 cent.

60 — Thétis.

Haut., 1 mèt. 34 cent.; larg., 0,30 cent.

61 — Amphitrite.

Haut., 1 mèt. 34 cent.; larg., 0,30 cent.

62 — Galatée.

Haut., 1 mèt. 34 cent.; larg., 0,30 cent.

63 — Héro.

Haut., 1 mèt. 34 cent.; larg., 0,30 cent.

64 — Andromède.

Haut., 1 mèt. 34 cent.; larg., 0,30 cent.

65 — Alcyone.

Haut., 1 mèt. 34 cent.; larg., 0,30 cent.

66 — Sapho.

Haut., 1 mèt. 34 cent.; larg., 0,30 cent.

Ces huit figures ont été exécutées en émail sur lave pour la villa polychrome de Deauville-sur-Mer.

La figure de Thétis a été dessinée et exécutée par M. G. Boulanger, celle d'Amphitrite par M. Lenepveu et les autres par M. Jollivet.

67 — Les Zéphirs.

68 — L'Aurore.

69 — Éole.

70 — Les Vents déchaînés.

71 — La Toucque.

72 — La Seine.

73 — Deauville naissant.

74 — Paris.

Ces huit figures ont été exécutées en émail sur lave pour la ville de Deauville.

Quatre de haut., 0,69 cent.; larg., 1 mèt. 20 cent.
Quatre de haut., 0,69 cent.; larg., 0,70 cent.

75 — L'Association des artistes peintres, sculpteurs, architectes, graveurs et dessinateurs, fait le tour du monde.

Composition allégorique exécutée pour la décoration d'une fête donnée par l'Association.

Haut., 1 mèt.; larg., 0,80 cent.

CARTONS

ET DESSINS DE VITRAUX

76 — Saint Godard à Rouen.

Style du XVIe siècle.

Les cartons sont peints à l'huile avec indication des plombs et des couleurs des verres.

Ensemble de toute la composition.

77 — Moïse et Aaron emportent le Serpent d'airain.

La Concorde et la Justice.

Le Christ en croix.

Réunion de trois panneaux.

78 — Le Triomphe du Christ.

Réunion de trois panneaux.

79 — Saint Godard assiste à un concile.

Réunion de trois panneaux.

80 — Saint-Godard sacre saint Loup, évêque.

Réunion de trois panneaux.

81 — Saint Laurent montrant au préfet romain les richesses de son Église, les malades et les affligés.

Réunion de trois panneaux.

82 — Le Martyre de saint Laurent.

Réunion de trois panneaux.

83 — Figure en grisaille pour le soubassement.

Un panneau.

84 — Restauration des vitraux de la Sainte-Chapelle

Dessins de concours.

La Création.

Le Jugement de Salomon.

Josué arrêtant le soleil.

Sortie de Judith de Jérusalem.

Judith sous la tente d'Holopherne.

Mort d'Holopherne.

Réunion de six panneaux.

85 — Vitraux de l'église Saint-Louis.

Ensemble de la composition.

Aquarelle.

86 — Figure de saint Louis.

Aquarelle.

87 — Neuf sujets de la vie de saint Louis.

Médaillons de bordure.

Aquarelle.

88 — Vitraux d'une chapelle à Montmirail.

Ensemble de la composition.

Projet de tombeau en terre cuite émaillée pour la même chapelle.

89 — Vitraux pour un hôpital à Meaux.

Cinq dessins.

Aquarelle.

90 — Vitraux pour une chapelle à Saint-Hubert.

Figures en grisaille.

Dessin.

91 — Vitraux pour une chapelle de la Vierge.

Vierge et Enfant-Jésus.

Aquarelle.

92 — Vitraux pour une chapelle du Sacré-Cœur.

DESSINS

ET COMPOSITIONS DIVERSES

93 — Vierge et Enfant-Jésus.

Composition pour l'émail sur lave, fait en 1844 pour l'empereur de Russie.

Dessin rehaussé.

94 — La Vie de saint Louis.

Dessin d'ensemble de la composition générale des peintures décoratives de la chapelle Saint-Louis-en-l'Ile.

Dessin.

95 — L'Apocalypse.

Composition projetée pour la décoration de la calotte du transept de la même église.

Dessin.

96 — Saint Louis prend la croix.

Église Saint-Louis-en-l'Isle.

Dessin.

97 — Saint Louis prisonnier s'entretient avec ses frères.

Église Saint-Louis-en-l'Ile.

Dessin.

98 — Saint Louis remet le gouvernement de la France entre les mains de Mathieu, abbé de Saint-Denis, et de Simon de Clermont, sire de Neelle.

Église Saint-Louis-en-l'Ile.

Dessin.

99 — Mort de saint Louis.

Église Saint-Louis-en-l'Ile.

Dessin.

100 — Les Anges portant les instruments de la Passion.

Église Saint-Louis-en-l'Ile.

Dessin.

101 — Anges portant la croix.

Église Saint-Louis-en-l'Ile.

Dessin.

102 — Anges tenant la couronne.

Église Saint-Louis-en-l'Ile.

Deux dessins.

103 — Ange portant la croix.

Figure du tympan.

Église Saint-Louis-en-l'Ile.

Dessin.

104 — Ange portant le casque de saint Louis.

Eglise Saint-Louis-en-l'Ile.

Dessin.

105 — Ange déployant la banderolle où se lit : *Dieu le veut.*

Église Saint-Louis-en-l'Ile.

Dessin.

106 — Ange portant la banderolle de la seconde croisade.

Église Saint-Louis-en-l'Ile.

Dessin.

107 — Concordance de l'Ancien et du Nouveau Testament.

Ensemble de la composition de la décora.ion en émail sur lave pour l'église Saint-Vincent-de-Paul.

La Sainte Trinité, l'Adoration des Mages, le Baptême et la Cène. La Création, la Désobéissance, le Châtiment.

Dessin.

108 — L'Adoration des Mages.

Église Saint-Vincent-de-Paul.

Dessin.

109 — La Création.

Église Saint-Vincent-de-Paul.

Dessin.

110 — La Désobéissance.

Eglise Saint-Vincent-de-Paul.

Dessin.

111 — Le Baptême.

Quatre figures d'étude.

Église Saint-Vincent-de-Paul.

Dessin.

112 — Le Chatiment.

Quatre figures d'étude.

Église Saint-Vincent-de-Paul.

Dessin.

113 — La Création.

Deux figures d'étude.

Église Saint-Vincent-de-Paul.

Dessin.

114 — La Désobéissance.

Deux figures d'étude.

Église Saint-Vincent-de-Paul.

Dessin.

115 — L'Adoration des Mages.

Une figure d'étude.

Église Saint-Vincent-de-Paul.

Dessin.

116 — Prophètes et Évangélistes.

Deux figures d'étude.

Dessin.

117 — Prophètes et Évangélistes.

Dix têtes d'étude.

Église Saint-Vincent-de-Paul.

Pastel.

118 — Les Apôtres répandent la parole du Christ sur la terre.

Ensemble de la composition pour la fresque de l'église Saint-Ambroise.

Dessin.

119 — Première pensée de la composition précédente.

Église Saint-Ambroise.

Dessin.

120 — Saint Paul prêchant.

Église Saint-Ambroise.

Dessin.

121 — Saint Paul et deux Évangélistes.

Première pensée.

Église Saint-Ambroise.

Dessin.

122 — Saint Pierre et deux Évangélistes.

Première pensée.

Église Saint-Ambroise.

Dessin.

123 — Prise de l'oriflamme à Saint-Denis.

Galeries historiques de Versailles.

Huit études et fragments divers de la composition.

Dessin.

124 — Persée et Andromède.

Ensemble du tableau du musée de Lille.

Aquarelle.

125 — Figure d'Andromède.

Étude pour le même tableau.

Dessin.

126 — Pegase et le Monstre.

Étude pour le même tableau.

Dessin.

127 — Massacre des Innocents.

Fragment de la composition.

Aquarelle.

128 — Massacre des Innocents.

Fragment de la composition.

Sépia.

129 — Soldat à cheval soulevant un enfant.

Étude pour le Massacre des Innocents.

Dessin.

130 — Soldats, femmes et enfants.

Sept figures d'étude pour le même tableau.

Dessin.

131 — Figures de femmes.

Dix études pour le même tableau.

Dessin.

132 — Saint Germain donne une médaille à sainte Geneviève.

Composition pour un tableau de l'église des Blancs-Manteaux.

Dessin.

133 — Sainte Philomène.

Composition pour un tableau de l'église de Montauban.

Dessin rehaussé.

134 — Descente de croix.

Composition pour le tableau de l'église de Bolbec.

Sépia.

135 — Jésus au milieu des Docteurs.

Composition pour un tableau de l'église des Blancs-Manteaux.

Dessin.

136 — Saint Sébastien secouru par les saintes Femmes.

Dessin.

137 — La Vierge protectrice des malheureux.

Dessin.

138 — Le Baptême du Christ et la fondation de Saint-Germain par Clovis.

Deux dessins à la plume.

139 — Centaures et Lapithes.

Dessin.

140 — Centaures et Lapithes.

Fragment de la même composition.

Dessin.

141 — L'Art chez Périclès.

Dessin rehaussé.

142 — Zeuxis à Agrigente.

Dessin rehaussé.

143 — L'Industrie consulte les maîtres du goût.

Dessin d'une composition qui devait être exécutée en émail sur lave, pour la décoration de la Cour de l'école des Beaux-Arts.

Dessin.

144 — Le Génie de la peinture sur lave.

Réduction.

Dessin.

145 — Première idée des Cariatides.

Dessin.

146 — Première idée du Chapiteau corinthien.

Dessin.

147 — Variante du même sujet.

Dessin.

Première pensée.

148 — Mêmes sujets.

Dessin à la plume.

149 — Léda.

Dessin à la plume.

150 — Première invasion des Romains dans la grande Bretagne.

Dessin rehaussé.

151 — Les Assises de Jérusalem.

Musée de Versailles.

Dessin croquis.

152 — Le Jugement de Jeanne d'Arc.

Composition d'un tableau pour Remiremont.

Sépia.

153 — Figure de Jeanne d'Arc.

Étude pour le tableau précédent.

Dessin.

154 — Charge de Cuirassiers et prise d'une redoute à la bataille de Moskowa.

Dessin.

155 — Louis-Philippe, aide de camp de Dumouriez est appelé à donner son avis dans un conseil de guerre.

Dessin d'un tableau commandé pour le musée de Versailles et interrompu en 1848.

Dessin.

156 — Conrad et Medora.

Dessin.

157 — Halte de Bohémiens.

Dessin.

158 — Halte de Bohémiens.

Variante de la composition précédente.

Dessin.

159 — Maragate et Valenciens.

Dessin.

160 — Picador et Manola.

Dessin.

161 — Manola et Majo.

Dessin.

162 — Un Chévrier Castillan.

Dessin rehaussé.

163 — La Reine d'Angleterre et le Prince Albert.

Dessin pour la penture sur lave, portant le n. 3.

164 — Le Roi Louis-Philippe.

Portrait en buste.

Dessin.

165 — Le Maréchal Catinat.

Galerie de Versailles.

Dessin.

166 — Autre portrait du Maréchal Catinat.

Dessin rehaussé.

167 — Portrait-Etude.

Dessin.

168 — Études diverses.

Six figures.

Dessin.

DESSINS

D'ARCHITECTURE POLYCHROME

169 — Élévation de la Villa de Deauville.

Plans des divers étages.

Élévation à l'ouest et au midi.

Aquarelle.

170 — Projet de décoration pour la salle du Trône, à l'hôtel de ville de Paris.

Elévation et coupe.

Aquarelle.

171 — Projet d'un monument à M. le duc de Morny, à Deauville.

Aquarelle.

172 — Ruines de l'Abbaye de Jumiéges.

Aquarelle.

COPIES D'APRÈS LES MAITRES

173 — D'après MICHEL-ANGE. — Groupe du Jugement dernier.

Dessin.

174 — D'après MICHEL-ANGE. — Autre groupe du Jugement dernier.

Dessin.

175 — D'après MICHEL-ANGE. — Le supplice d'Aman.

Dessin.

176 — D'après RAPHAEL. — Fragments des muses du Parnasse.

Dessin.

177 — D'après le CORRÉGE. — Sainte-Famille.

Musée de Londres.

Dessin rehaussé.

178 — D'après LÉONARD DE VINCI. — Tête de la Vierge. — Tableau de sainte Anne.

Musée du Louvre.

Dessin.

179 — D'après PRUD'HON. — Tête de femme.

Tirée de la Famille malheureuse.

Dessin rehaussé.

DESSINS EN FEUILLES

180 — Portraits-Études pour le tableau de l'Installation de la Magistrature au palais de Justice en 1849.

MM. de Gaujal. — Vincent Molinières. — Genreau père. — Pecourt. — Merilhou. — Brière de Valigny. — Tronchon. — Lantoine. — Delapalme. — Gaultier. — Horace Say. — Gatteaux. — Heim. — Hittorf. — Laborie. — D'Herbelain. — Le Chanteur. — Poultier. — Gouin. — Lebel. — Chauveau Lagarde. — Ledagre. — Georges. — Klein. — Moinery. — Thierry. — Dantan aîné. — Grandet. — Legagneur. — Renouard. — Davilliers. — Levin. — Taillandier. — Moreau de la Meurthe. — Jal. — De Guizard. — Baltard. — Grünn. — Thiac. — Dantan jeune. — De Dalmas. — Boullot. — Maser. — Poulle. — Amilhau. — Giraldin. — Damay. — Conti. — Leserrurier. — Quenoble. — Frankarré. — Lebas. — Picot. — Lemaire. — De Brimond. — Soucff. — Troplong. — Corbin. — Gastembide. — D'Oms. — Dubodan. — Sorbier. — De Vauzelles. — Jallon. — D'audiffret. — Savalette. — Gauthier de Lizolles. — Vial de Mathurin. — Michelin. — Savin de Surgy. — De Latena. — Bosége. — Rieff. — Loiseau. — Ribouet. — Dutilleul. — De Gasq. — Bernard. — Moreau (Auguste). — Meyronnet Saint-Marc. — De Glos. — Metsadier. — Rives. — Feuillandel-Chauvin.

181 — Compositions diverses.

182 — Études de figures.

183 — Études de draperies et de costumes.

184 — Croquis divers. — Premières pensées, etc.

TABLEAUX PAR DIVERS MAITRES

E. DE WITT

185 — Intérieur d'Église.

LUTHERBURG

186 — Le Passage difficile.

WAN FALENS

187 — Le Renseignement.

188 — L'Arrivée au Camp.

VAN GORP

189 — Scène d'intérieur.

190 — Autre scène d'intérieur.

3

REGNAULT

191 — Mercure et Argus.

Esquisse.

BRUANDET

192 — Lisière de forêt.

193 — Entrée de bois.

MATOUT

D'après Bonington.

194 — Paysage, environs de Rouen.

195 — Plage, soleil couchant.

ÉCOLE FRANÇAISE

196 à 205 — Dix esquisses peintes.

ÉCOLE FRANÇAISE

206 — Paysage.

207 — Paysage avec figures.

ÉCOLE ALLEMANDE

208 — Les bords du Rhin.

209 — Autre vue maritime.

ÉCOLE FLAMANDE

210 — Paysage, une chaumière.

INCONNU

211 — Marine, après une tempête.

212 — Autre Marine.

MAITRES DU SIÈCLE DERNIER

213 — Portefeuille de dessins et études.

214 — Un Cadre de miniatures et d'enluminures, feuilles détachées d'un livre d'heures et portant les dates de 1501 à 1510.

GRAVURES

LITHOGRAPHIES & PHOTOGRAPHIES

LITHOGRAPHIES FAITES EN ESPAGNE, PAR M. JOLLIVET

215 — La reddition de Bréda. — D'après José Léonardo.

216 — Siége d'une ville. — D'après Carducci.

217 — Attaque d'un fort par mer. — D'après Félix Castillo.

218 — Défense d'un fort contre une flotte. — D'après Félix Castillo.

219 — Portrait équestre du Cardinal-Infant Juan d'Autriche. — D'après Van Dyck.

220 — Apollon révèle à Vulcain les amours de Mars et de Vénus. — D'après Velasquez.

221 — Portrait équestre de Philippe III, roi d'Espagne. — D'après Velasquez.

222 — Portrait équestre de Philippe IV, roi d'Espagne, d'après Velasquez.

223 — Le Christ mort, sur les genoux de la Vierge, d'après Daniel Crespi.

224 — L'œuvre de Paul Delaroche.

Photographies.

225 — Quelques gravures et lithographies.

PLATRES INÉDITS

DÉTAILS DE LA DÉCORATION DE LA VILLA DE DEAUVILLE-SUR-MER

226 — Six bas-reliefs par Barrias.

Des génies montés sur des monstres marins s'opposent à l'invasion de la mer par les premiers navigateurs. — Les génies navigateurs sont vainqueurs dans la lutte. — Le Commerce s'empare de la mer. — La mer révoltée fait sombrer un navire, mais le sauvetage s'opère. — La mer de nouveau vaincue est explorée par les pêcheurs. — Les barques sont amenées sur le rivage par les femmes de pêcheurs.

227 — Modèle d'une cheminée-jardinière exécutée en terre cuite émaillée, par M. Jollivet.

228 — Modèles de frises, corniches, consoles de fenêtres, pilastres, couronnements de fenêtre, clés d'arc de portique, acrotères, colonnettes et ornements de Verandah.

Meubles

229 — Grand meuble à deux portes et tiroirs en bois sculpté, orné de trois figures de femmes debout, garnissant les angles et formant entre-deux. Les portes sont enrichies de groupes de figures et le reste du meuble est couvert d'ornements délicatement traités. Travail du XVIe siècle. Ce meuble provient, dit-on, du château de Gaillon.

230 — Grand bahut en bois sculpté, présentant sur la face et dans un médaillon un Amour dans un char traîné par deux chevaux. A droite et à gauche du sujet principal sont des figures d'enfants assis sur des animaux fantastiques. Les angles sont ornés de cariatides de femmes debout. Travail français du XVIe siècle.

231 — Autre bahut en bois sculpté, orné de neuf panneaux gothiques sculptés à ogives et fleurons. Les panneaux datent du XVe siècle.

232 — Meuble à deux corps, en bois sculpté; le bas formant crédence à deux portes est orné de colonnettes détachées et d'une frise à rinceaux et figures de femmes. Le haut fermant à deux portes et à fronton découpé, est enrichi de colonnettes détachées et orné de figures d'abondance sculptées en bas-relief et d'incrustations en marbre. XVIe siècle.

233 — Banc à dossier droit, garni de panneaux gothiques, finement sculptés, enrichis de fleurs de lys et portant un chiffre composé des lettres P, D, L, enlacées. Le bas formant coffre, est garni d'une serrure en fer découpé à jour, et le dossier ouvrant est aussi garni d'une serrure à plaque fleurdelisée. XVe siècle.

234 — Encadrement de porte de forme monumentale, en bois sculpté, enrichi de colonnes détachées. La frise supérieure ainsi que les niches et figurines sont en plâtre. Cet encadrement est garni de portières en velours brodé et soieries, ainsi que d'une bande de tapisserie au petit point.

235 — Six panneaux en laque de Coromandel, à paysages et figures en relief, laqués en couleurs et or.

236 — Autres panneaux en laque de Chine, à paysages et figures en or sur fond noir.

237 — Casier à tiroirs en bois sculpté, de style Renaissance.

237 *bis* — Groupe de quatre figures de saintes femmes en bois sculpté provenant d'un rétable du XVe siècle.

238 — Table carrée sur pieds et avec entre-jambes, formés de colonnes à double torse en bois sculpté.

239 — Paravent à huit feuilles en laque de Chine, à figures et paysages en or et couleurs sur fond noir.

240 — Six chaises en bois sculpté. Travail flamand du XVIIe siècle.

241 — Deux chaises en bois sculpté, de style Louis XIII. L'une d'elles, de travail ancien, a servi de modèle à l'autre.

Étoffes

242 — Quatre très-grands rideaux en étoffe de laine, à dessins de style Renaissance, sur fond vert.

243 — Dalmatique de diacre, entièrement couverte de riches broderies en haut-relief, à fleurs et ornements en couleurs sur damas blanc.

Objets variés

244 — Deux grandes potiches à couvercle en ancienne porcelaine du Japon, décorées de paysages et fleurs en couleurs et or.

245 — Garniture de cinq pièces, potiches et cornets à pans, en ancienne porcelaine du Japon, à médaillons d'oiseaux et fleurs en bleu, rouge et or.

246 — Deux cruches en grès de Flandres, l'une à ornements en relief, émaillée bleu, gris et violet, l'autre émaillée gris, à mascaron et armoirie en relief.

247 — Quatre panneaux garnis chacun de trois vitraux anciens, représentant des figures de chevaliers, des armoiries et divers autres sujets. Ce lot sera divisé.

248 — Poignard persan en cuivre repoussé et doré, et fleurs émaillées en couleurs.

249 — Tête de femme en terre cuite. Travail antique romain.

250 — Service de table en ancienne porcelaine de l'Inde, à décors de paysages, fleurs et ornements en camaïeu bleu. Il se compose de cent trente-trois pièces.

251 — Deux supports en terre émaillée de la Chine. Ces pièces rappellent, par leur style, le caractère d'ornementation du XIIe siècle en Europe.

252 — Deux jardinières de forme carrée de même travail.

253 — Lustre flamand en cuivre jaune, d'une belle conservation, et de même modèle que celui du célèbre tableau la Femme hydropique.

254 — Plat en cuivre jaune très-finement gravé, de style arabe ; les incrustations d'argent ont disparu.

255 — Andromède. Statuette en faïence, de Bernard Palissy, émaillée en couleurs.

RED. :

1/20

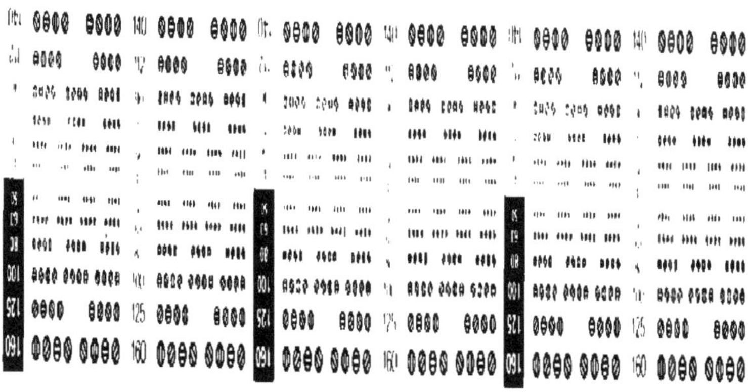

MIRE ISO N° 1
NF Z 43-007
AFNOR
Cedex 7 - 92080 PARIS-LA-DEFENSE

graphicom

0 1 2 3 4 5 6 7 8 9 10

www.ingramcontent.com/pod-product-compliance
Ingram Content Group UK Ltd.
Pitfield, Milton Keynes, MK11 3LW, UK
UKHW031950260826
14628UKWH00004B/1965

9 782329 305257